JN098877

囀に

Saezuri ni
Shuji Kurihara

ふらんす堂

栗原修二句集

序

釣好きの栗原さんの案内で鯊釣に行ったことがある。もう十数年前のことだ。虚子の歳時記の鯊の解説に「わけなく釣れるので面白がられる」と書いてある。ならばぜひ釣ってみたいと私が言うのを栗原さんが聞き入れてくれたのだ。秋晴の好日だった。晴海から屋形船に乗って、お台場で釣糸を垂れる。吟行を兼ねて十人ほどで出かけ、釣果も合わせて十尾ほど。私も一尾釣り上げて「釣りし鯊バケツをまるく泳ぐなり」と詠んだが、船で揚げてもらって食べてしまった。栗原さんは皆が釣れるか気が気ではない様子だったけれども、私は大満足だった。

心優しく面倒見のよい人なのである。企業の広告戦略に携わった経験から、鷹の宣伝下手を見かねたのだろう。俳句を始めたい人は何を知りたいのか。その原点を踏まえて鷹のホームページを刷新し、ＳＮＳの活用と併せて、鷹の窓を外に向かって大きく開いてくれた。グーグル検索で鷹が上位に表示されるにはどうしたらよいのか。調査結果をもとにまとめられるプロフェッショナルなレポートは俳句結社の会議のものとは思えない。ホームページを経由して鷹に多くの新しい仲間を迎え入れることができているのは、ひとえに栗原さんの尽力の賜である。

さまざまな事情から外出することができない仲間をネットでつなぐ句会を作ってくれたのも栗原さんだ。栗原さん自身、病身の奥さんの介護のため外出することができない。広告戦略もすべて自宅からなのだ。出かけられなくても仲間はつながれるし、励まし合って俳句を作れる。この句会の参加者は栗原さんに救われた思いだろう。

そんな栗原さんの心優しさと面倒見のよさを一身に享受しているのは奥さんである。

花ミモザ妻の時間の戻り来よ

葉桜や新薬の記事持歩き

夏木立紅なき寝顔まさやかに

寒の月湯浴のすみし妻を拭く

畳まれしセーターの胸やすらかなり

風蘭や任されて切る妻の髪

重心を抱きとる介護小鳥くる

これらの句は、前書を付けるでもなく、この句集に慎ましく散在している。できれば読者は立ち止まらず通り過ぎてほしいという栗原さんの含羞をそこに感じる。私もいちばん身近な句材として妻をよく使うが、栗原さんと同じ状況に置かれてこれほど心優しく妻を詠むことができるのか、自信はない。
　人には優しい栗原さんだが、自分にはずいぶん厳しい。自分の俳句が人真似であってはならないという律し方が半端ではない。自分で納得できるオリジナリティを追求するあまり、栗原さんの句作りはしばしば読者を置いていってしまう。私もさんざん置いてきぼりを食らった。けれども、そうした中から次のような句に出会えた驚きは、たちまち選者としての大きな喜びに変わった。

ふ へ ふ へ と 翁 の 機 嫌 落 鰻
おでん・グミ・マスク・コンビニ依存症
よ り 広 き 水 恋 ふ 水 や 流 灯 会
またもがく蠅にもどりてながれけり
秋刀魚定食表彰状のごとく受く
月 着 陸 記 念 日 砂 場 灼 け て を り
ファンに曲届けるやうに銀杏散る
裕 明 に 霧 一 句 露 二 十 余 句

自分に対する厳しさは父から、人に対する優しさは母から受け継いだものではないかと私は勝手に想像している。

父の日や七本継の鱮竿

母の日の母にゆつくりわが名湧く

父母にひとつの湯呑墓洗ふ

屋形船の鯊釣で興じた程度の私は釣に詳しくないが、「七本継の鱮竿」と聞くと竹を接いだ古風な和竿が頭に浮かぶ。海軍軍人だった父が鱮釣に慰みを見出したことに人生を感じる。栗原さんの釣好きは父から受け継いだのである。

晩年の母は、母の日に贈り物を携えてやってきた息子が誰かわからない。それでも静かな時間を共にするうちに意識が澄んで思い出したのだ。「ゆつくりわが名湧く」と詠まれたそのわが名は、幼い頃から繰り返し呼ばれたさまざまな場面と重なって、どんなに懐かしく思われたことだろう。

父は駆逐艦「秋雲（あきぐも）」に搭乗して太平洋戦争に赴いた。それで私は句集名に「秋雲」を勧めたのだが、栗原さんはこの提案に乗らなかった。調べると「秋雲」は輸送船の護衛中にアメリカの潜水艦の魚雷を受けて沈没している。艦長を始め半数以上の乗組員が命を落とした。栗原さんの父はどうやって生還できたのか。それを思えば私の提案は安易だったのだと反省した。
そして、栗原さんは次の句から句集名を採ることにし、私もそれを歓迎した。

読まれざる詩歌はやがて囀に

選ばれた詩人だけが詩歌を作るのではなく、国民の誰もがたやすく詠む。わが国の詩歌のありようを言祝ぐ句である。ごく一握りの詩歌を古典として残して、あとはすべて読まれずに忘れられる。いや、そうではない、それらは耳を澄ませば囀りとして聞こえるのだ。

この句集によって栗原さんの作品があらためて広く読まれる機会を得たことをうれしく思う。その力強い一句一句は、そう簡単に囀りにはならないことだろう。

令和四年八月

小川軽舟

轉に＊目次

装幀・金田遼平

句集　囀に

I　微光

雨雲の中にゐるらし朴の花

隕石の幾つ眠るや麦の秋

風薫る画廊の窓にサティの譜

傘細く巻き梔子の花腐し

手の染みに痛みの記憶夏帽子

朝曇鉄路の石の錆ごろも

炎天へ白き劇画の中に入る

晩夏なり夜の競馬に砂轟く

新調のシャツ新涼のドア開く

貌黒き羊の睡り終戦忌

夜業ひとり赤き航空障害灯

「秋雲」は父の艦の名からすうり

葛原を来てマーラーの主旋律

拾はれて枯野のバスに眠りけり

冬の霧檣灯の会ひまた離る

光るとは弾く力ぞ冬の蓮

曳船は荷船に追はれ翁の忌

冬帽子ここも男が足らぬらし

舞戻る町やフランスパンに雪

薄氷にあをぞら痛く映りけり

砲火なほ恐るる父や紫荊

春の雨ビオラの木目慈しみ

つちふるや音声のなき大画面

花ミモザ妻の時間の戻り来よ

葉桜や新薬の記事持歩き

笑はせるための笑顔や若楓

海峡にアフリカ淡き青葡萄

砂浜に吸はるる雨や海紅豆

青空をゆく飛魚の渇きかな

子規庵の秋の蚊親し寝転がる

また二人きり鮭上る夜の河

月明や銃眼に凪ぐ北の海

ひらひらと鰈も雑じり鯊日和

艶ばなし小ぶりのしんこ握らるる

銀杏落葉ギター吊りある店に入る

鄭重にはぐらかしをり若狭甘鯛

はうじ茶にゆるむ焦飯冬の雨

寒北斗鯱の最期は溺るると

この暮も落語に泣ける夜空かな

烏賊墨を拭へば紅もクリスマス

洗濯屋夫婦に蒸気日脚伸ぶ

三月尽革靴の先明日に向け

白魚飯をとこ一生素顔なる

民の手に銃なき国や花薺

直会の神酒の木の香や遠蛙

苗ますぐ雨脚ますぐたかしの忌

樽底の鮒鮓思ふ湖の雨

青竹の酒の手酌や作り雨

雲の峰指笛船に届きけり

夏木立紅なき寝顔まさやかに

捨て時の歯ブラシやさし遠花火

凌霄花妊婦は鳩を散らしゆく

シャワー全開出鱈目のジャズソング

電柱の影は戦がず原爆忌

ふへふへと翁の機嫌落鰻

偕老や榠樝はことし当り年

秋高し団旗より旗手若からむ

秋雲や武人の眉は父に尽き

地に低き我らの背丈ながればし

闇は灯を窺ひをりぬ猟の宿

ほろろろと原付バイク賞与の日
本ひらく微光を頬にクリスマス

風邪心地躰の水を海が曳く

桃の日の眠きソファの浮力かな

鱒釣るやジンの小瓶を草に置き

川の景たまりしカメラ猫の恋

寝顔より抜きとる眼鏡うららけし

針金を咥へる鴉沖縄忌

月桃の花黒牛は日に眠る

旧租界灯りて驟雨来たりけり

Ⅱ　七本継

靴箱の奥の軟球青葉風

聖五月鏡に少女猜疑抱く

離任せりマロニエの花音もなく

察するに宝塚ファン湯引鱧

サイレンに割れゆく車列炎天下

密林も狙撃手もなき溽暑なり

花立のからんと鳴れる展墓かな

天高しオモチャャ歩きの鼓笛隊

爽やかに木村伊兵衛のライカかな

客無口板前無口晩白柚

冬夕焼覇気なき街の親しさに

椅子寄せて酌むガード下神の留守

壊す家寒し土足に踏む畳

電線を断たれし古家冬晴るる

鮟鱇鍋仲居雨情を口ずさみ

七味より弾む麻の実春隣

ベランダのサンダル小さし春の雪

花散らす鵯に生まれて狂はむか

帰路の群長征のごと冴返る

ややあつて落つる目薬呼子鳥

肘張つて磨くグラスや蔦若葉

口に剝くヤクルトの蓋土手青む

萵苣洗ふ辞めてより日々ノンシャラン

選局の跳ねとぶノイズ忌野忌

朝蜘蛛やひと日の薬そろへ置く

椅子入れて机つつまし青葉雨

瞑れば何処へも行けるラムネの香

夏ゆくやグラス触合ふ食堂車

新涼や鳴らして皿の品定め

旗日なり芋天提げて駿河台

鞄屋の型録愛づる夜長かな

そぞろ寒レントゲン車にハイヒール

聖夜明け鏡は全て忘れけり

寒の月湯浴のすみし妻を拭く

星を読み北より鯨来たりけり

銃身を折つて炉端の猟夫かな

埋火や遠流にをはる古語辞典

番台に破魔矢預けて初湯かな

菜の花や廃市の道を牛わたる

中庭の古巣ナースの足早き

遠山火一夜の寝巻畳みけり

花冷や硯海に顕つ岳父の香

桜散る浅蜊の浸かる浅き水
軽トラの窓から肘や上り簗

パトカーの何追ふでなし余苗

満タンのキャップ締めたる青葉かな

イヤリング揺らして手話の涼しさよ

父の日や七本継の鱚竿

胸張ればゆゑなき自信桜の実

瓜冷す冥王星に月五つ

釣にでも行つてやせぬか墓洗ふ

髪長き頃の恋文つくつくし

また同じ我に目覚めし雨月かな

音消してテレビのあかり桃香る

恋歌を忘れ海鼠となりにけり

熱風邪やレゴ人形の顔黄色

寄鍋の談論ごつた開高忌

新聞はひと日に老いぬひなたぼこ

銀行を壊す起重機十二月

冬木の芽童謡母を溢れ出づ

珈琲はマウスの隣初仕事

たんぽぽやバスの腹より帰郷の荷

鉢底の石の退屈鳥の恋

花散るや水に親しき博多の灯

夜の雲に架線の火花湘子の忌

仏法僧一本つけて一人飯

綽々と老いたるアイス最中かな

薬缶来て座席をまはる夏芝居

涼風や厩舎の脇の洗濯機

建具ゆくかはほりの飛ぶ撮影所

Ⅲ　水恋ふ水

引潮は月への恋慕足穂の忌

累卵のリサイクル店つづれさせ

極左の友老いて林檎のタルト焼く

浅座りして小春日の都電かな

おでん・グミ・マスク・コンビニ依存症

直球のサインは拳冬青空

靴箱に父の木型や年惜しむ

見番の向かひの蕎麦屋春の雪

裾縛る心中ありし雪の果

晩霜や丈母丈夫な骨遺し

ハンガーに肩の丸みや朧月

転轍機グリスギラギラ昭和の日

帽子屋の奥のミシンや夏隣

春惜しむ今なほジタン青き箱

夕薄暑脚の混みあふ立飲屋

梅雨深し学窓塞ぐ補強梁

塾の上競合の塾西日差す

夏萩や水輪の大き降始め

夜の闇染みたるバナナ香りけり

ワイパーの拭残す雨夏了る

蟬死して来ぬ蟻を待つ十二階

より広き水恋ふ水や流灯会

呑まれしは鶏舎一棟真葛原

砂利均す熊手の音やこぼれ萩

石突を切れば占地の散りぢりに

畳まれしセーターの胸やすらかなり

大根煮てさういへばいい夫婦の日

裸木やガラスのやうな子らの声

ゴジラ映画出て鯛焼を頭から

煮凝に手術運よき男かな

炉話や大き家には大き闇

単気筒バイク咆哮初日の出

鬼房忌闇を照らしに日は没す

春浅しペットボトルの水の影

啓蟄やバットの疵の草の染

三椏の花青空に諂はず

酔ひし顔醒ます裏道沈丁花

丁寧が野暮の優(やさ)書(ぶみ)ねぢあやめ

馘首せし人の風聞豆の花

鳥の道空に残らず夕遍路

うりずんや円弧の海の三角帆

母の日の母にゆつくりわが名湧く

撮る前になほす襟元額の花

放たれし矢の流れゆく緑かな

区役所の三時首振る扇風機

子を連れて見にきし生家天道虫

またもがく蠅にもどりてながれけり

先取点のみの敗戦蟬の声

土棄ててダンプ弾めり雲の峰

笑みたたへ嫦娥をあふぐ母上寿

洗はれしシャツの脱力昼の虫

秋刀魚定食表彰状のごとく受く

敗荷や骨を見らるる日を思ふ

小春日やミルク振る母見る赤子

寒晴や岳父の山の写真集

筆の墨ぬるま湯に抜き年惜しむ

小雪なり永久につぶらな中也の目

くだら野や頭の赤き杭ひとつ

豆皿に分けとる雪花菜小正月

本古りて書込若し忘れ雪

置注ぎの薄手の酒杯遠蛙

春潮や師に一盞を高々と

掌に打つて青紫蘇の香を覚ましけり

濡縁から上がる介護士扇風機

単車の灯涼しく入江なぞりゆく

水灯るプールサイドの夕餉かな

見下ろして浮輪に一つづつ頭

二人なら何処も家路星涼し

まだ誰も触れざる朝日山女跳ぶ

籐寝椅子射手座は弓を引き続け

Ⅳ　一時文

初秋や弾いて画布の張りを聴く

台風裡掃除ロボット隣室へ

国廃れ種無く殖ゆる曼珠沙華

夕月や厚き湯呑と薄き猪口

心臓に四つの小部屋鉦叩

湾を出て南へ転舵星月夜

強き星残れる首都の夜寒かな

売りに出すコート撮るなり衿立てて

闇に覚め寝息ききをる寒夜かな

冬雲やわが胸奥にルドンの目

夜の火事野次馬眼鏡輝かせ

厳寒や顔撫でて知る無精髭

着ぶくれて体温計の音遠き

鞭かかげビクトリーラン年惜しむ

譜面台叩く指揮棒年詰る

蓋取れば御節の重に頭寄る

角打の浅きぐい呑春の雪

蛇穴を出づ口紅にくち開く

鞄引き美容部員の四月かな

藤の花買手に実家案内す

木の芽雨都電に会釈して渡る

老鶯や山を背負ひて屋根普請

涼風や拝所（うがんじゅ）の岩凭れあふ

シーサーの咆哮無音油照

月着陸記念日砂場灼けてをり

夏惜しむロックグラスの丸氷

秋めくや鏡の中に歯を磨く

父母にひとつの湯呑墓洗ふ

公園に補助輪の跡休暇明

秋彼岸写真に棲むも楽しさう

教習所の小さき踏切泡立草

薄雲に落着く街や銀木犀

ファンに曲届けるやうに銀杏散る

優作忌中古革ジャン落札す

酒注いでしづまる白磁神楽月

音乾くボウリング場年の果

息吐けば抜くる力や福沸

青柳や都電の後の風の渦

鋤跡の土寝惚けをる春田かな

レコードの波に乗る針春の夜

蚕豆のつるんと誠実が取柄

風蘭や任されて切る妻の髪

サイレンが夏の記憶をさがしまはる

坂のぼる神輿鉄砲漬に酌む

行く人の蓑笠（さりふ）に急ぐ夕立かな

倒伏の稲や風伯往きし途

重心を抱きとる介護小鳥くる

眩しげに新米を食ふ童かな

秋深し束ね洗ひの箸が鳴る

正直に隣る不器用ゐのこづち

川波のひ若きひびきカシオペア

冬の虫没後のブログ漂流す

スワンボートの首巻く鎖冬ざるる

若者のきれいな拳開戦日

四阿にスーツの男浮寝鳥

齷齪と移るカーソル猫の恋

子と別れ軍丁（いくさよほろ）ははだれ野へ
読まれざる詩歌はやがて噂に

花は葉に流れ矯められ街の川

葉桜に初めての雨うやうやし

土手下の家並慎まし鯉のぼり

短夜のメール一時文のごと

木々囲む湖に舟ある白夜かな

腐草螢に貪官の巣食ふ国

道化師の銃より国旗巴里祭

兵糧の索麺尽きぬ無援城

秋暑し潰されまいと段ボール

星月夜宿の大屋根片流れ

淅（かし）水（みづ）に浸す里芋井々と

裕明に霧一句露二十余句

跋

平成十六年、鷹に入会して間もなく、栗原修二さんは私の指導する五人会に加わった。びっくりした。句会で互選の点が入って褒められた句でも、鷹に投句することなく捨ててしまうのだ。そんな人は初めて。理由を訊ねたら、類想と感じるからだと言う。そして、自分で独創的と思える句を投句。わけが分からない句になるので、当然のごとく、採られない。

しかし、これだけ独自性に拘っているのだから、俳句の描写方法や季語が分かってきたら、きっと個性的な作品を生んでくれるだろうと、期待感は徐々に膨らんでいった。「あとがき」に記されているように、平成二十九年に抜群の作品群で鷹新葉賞を受賞するまでの、一句欄十九回の歴史は、このような経緯から作られたのだった。

隕石の幾つ眠るや麦の秋
炎天へ白き劇画の中に入る
光るとは弾く力ぞ冬の蓮
薄氷にあをぞら痛く映りけり

個性的な感覚が俳句作品として出現し始めた頃の作品。

一面に拡がる麦畑の地底に隕石の存在を感得するのは、非凡な想像力だと思う。黄金色で柔らかな熟れ麦と漆黒で強固な隕石。地球で生命の素となった物質はみな、宇宙から到来した。地上の命を支えている地底の不可視のエネルギーを感じさせてくれる。

高屋窓秋は「頭の中で白い夏野となつてゐる」と詠んだが、「白き劇画」は、車やトラックがびゅんびゅん走り、人間がうじゃうじゃ歩く大都会の盛夏だ。

枯蓮が太陽に照り映えるのは、自らの「弾く力」によってだというのにも、青空を映すことで薄氷が痛みを感じているというのにも、発見がある。枯れきった蓮、今にも溶けてしまいそうな氷に潜在する精気を抉り出している。

そして平成二十年の鷹十一月号、次の作品等で初巻頭を獲得する。

　ふへふへと翁の機嫌落鰻

「ふへふへ」のオノマトペが、まさに絶妙だ。言葉の世界の中で、意味に支配されない唯一の分野であるオノマトペにおいて、修二さんは独創性を遺憾なく発揮している。俗っ気たっぷりの爺さんが、うまい話でもあったのだろう、ご機嫌で一杯やっている様子が、ありありと目に浮かぶ。独創性の追求のために、修二さんは季語の探究にも熱心だった。晩秋に簗で捕る「落鰻」を配して、一句に可笑しみだけではない、一抹のあわれをもたらしたところに、努力の成果が表れている。

闇は灯を窺ひをりぬ猟の宿
冬夕焼覇気なき街の親しさに
聖夜明け鏡は全て忘れけり
風邪心地躰の水を海が曳く
ほろろろと原付バイク賞与の日

これらの句群にも、独創性は瞭らかだ。

闇が窺っているとの表現で、人間の決まりごとなどいささかも通用しない、鳥獣が統べる野生の世界が、狩小屋のすぐ外に拡がっているのが実感できる。

覇気がないとの否定的な言葉が街の寧らかさにつながり、鏡の忘却によってハレの世界の一過性があらわになる。

風邪をひいた時の状態を、体内の水が海に曳かれるようだと詠んだ句にも、独創性が輝く。あの独特の身体のだるさは、そのせいだったのかと思わされてしまう。「ほろろろ」は確かに、普通のオートバイではなく原付エンジンの音だ。そしてその音が、ボーナスをもらう作者の喜びも伝えてくれる。

風薫る画廊の窓にサティの譜
葛原を来てマーラーの主旋律
春の雨ビオラの木目慈しみ
選局の跳ねとぶノイズ忌野忌

修二さんは、クラシックからロックまで、様々な音楽を愛する。サティの新鮮な旋律には薫風がそよぐ画廊がよく似合うし、マーラーの野性味を帯びた壮大な交響曲には真葛原がぴったり。ビオラのやわらかな木目は、春の雨によって一層つややかさを増すだろう。

忌野清志郎が亡くなった直後、五人会があり、修二さんの嘆きは深かった。上五中七の措辞が、果敢に新しいサウンドに挑んだ清志郎の圧倒的な存在感を伝えてくれる。

白魚飯をとこ一生素顔なる

三椏の花青空に諂はず

苗ますぐ雨脚ますぐたかしの忌

直球のサインは拳冬青空

三月尽革靴の先明日に向け

修二さんと会うといつも、石田波郷の「桔梗や男も汚れてはならず」の句を思う。清く、まっすぐなのだ。「素顔」には「ありのままの状態」の意味もあり、白魚飯の季語は、清廉な心根とよく合う。三椏の花の句は、優れた一物句となっていると同時に、何人にもおもねらない作者の自画像でもあるのだ。

最先端産業の一つの広告業に長く携わった修二さんは、いつも明日の世界を見据えている。鷹においてもホームページ刷新から始まるインターネット活用を提言し、展開を一手に引き受けて、修二さんならではの多大なる貢献をしてくれている。

秋雲や武人の眉は父に尽き
父の日や七本継の鱮竿
釣にでも行つてやせぬか墓洗ふ
母の日の母にゆつくりわが名湧く
父母にひとつの湯呑墓洗ふ
秋彼岸写真に棲むも楽しさう

修二さんは心根の優しさでも際立っている。一番よく表れているのは、ご家族を詠んだ句だ。お父上は、駆逐艦「秋雲」に乗り組んで太平洋戦争に行かれた。写真を拝見したことがあるが、まさに日本古来の武人の面影を引く、凛々しい面立ちだった。専門的な七本継の竿を使われるほどの釣好きは、修二さんに引き継がれている。

すぐには作者の名前が出てこなくなったお母様。母の日に訪ねた作者が見守っていると、しばらくして名前を口にされた。「湧く」の一語で、作者が幼い頃からの母子の記憶までもが、泉のように輝きあふれてくるようだ。

お墓で一つの湯呑を共有するご両親、楽しそうな遺影からも、仲の良かったこと、作者が孝養を尽くして亡くなられたことが偲ばれる。

髪長き頃の恋文つくつくし
二人なら何処も家路星涼し
花ミモザ妻の時間の戻り来よ
朝蜘蛛やひと日の薬そろへ置く
葉桜や新薬の記事持歩き
偕老や榠樝はことし当り年
寒の月湯浴のすみし妻を拭く
畳まれしセーターの胸やすらかなり
重心を抱きとる介護小鳥くる

そして最も作者の優しさが顕れるのは、奥様を詠んだ句。男子の長髪が流行っていた学生の頃から、筒井筒の恋を全うし、三人のお子さんに恵まれた。作者ご夫婦のお祝いの席で、今では社会人のお子さんの三人が三人とも、もう一度生まれてくるのだったら、この両親の許と表明したと伺って、素晴らしい家族だなとうらやましく思ったのを覚えている。
奥様は、難病と闘いながら定年近くまで勤め、次第に病状が重くなって、今では修二さんが食事の支度初め、奥様の介護もすべて担っている。それも、イヤな顔ひとつせずどころか、話を伺うたびに、奥様への心遣いがせつせつと伝わってくるほどの思いの深さなのだ。セーターは、作者がニューヨークで奥様に買ったものだそうだが、肉体を離れて畳まれる時に寧らかというのは、病状を知っていると、ひどく切ない。

おでん・グミ・マスク・コンビニ依存症
塾の上競合の塾西日差す
蟬死して来ぬ蟻を待つ十二階
ゴジラ映画出て鯛焼を頭から
秋刀魚定食表彰状のごとく受く
馘首せし人の風聞豆の花

現代を詠むこともまた、新しい素材を通じての独創性の発揮となりうる。おでん・グミ・マスクと三題噺のように並べられて、何かと思えば「コンビニ依存症」の落ちが付く。落語好きの作者らしい組立てだ。もちろん全部コンビニで売っており、昨今のマスクはともかく、おでんはコンビニでは数少ない季節限定商品なので、季感もちゃんと出ている。

本来なら蟻の群に解体されて栄養源となり、自然の循環の懐に還ってゆくはずの蟬の骸。形を保ったまま、風に晒され続けるのだろう。現代ならではの無常が感じられる。お盆ごと秋刀魚定食を受け取るのは、社員食堂などのセルフ・サービスの窓口だ。食堂は毎日利用するが表彰されることはめったにない、サラリーマンの哀感も出ている。

立場上、已むを得ずクビにした人のその後も気にしているのも、作者のやさしさの表れ。豆の花の季語で、わるくはない境遇が想像できる。

石突を切れば占地の散りぢりに
掌に打つて青紫蘇の香を覚ましけり

またもがく蠅にもどりてながれけり

初期の頃は、あまり写生に興味を示さなかった作者だが、もともと持っていたに違いない自然への慈しみの感情が俳句を通じて湧き出てくると、対象を熱心に見つめるようになった。占地も青紫蘇も、日常のなんでもない一場面だが、「ばらばら」ではなく「散りぢり」、「香を立たす」ではなく「香を覚ます」との表現に、対象への愛情が感じられる。

蠅の句は作者の写生句の白眉と云っていい。流れに落ちてしまってさんざん踠いたが、どうにもならなくて一たびは諦めた蠅。それがまた努力を始め、踠きながら流されてゆく。このように直截簡明に写生されると、私たちの身にも起こり得る情況として、読み手と蠅を一体化する迫力がある。

作者にはまた、死者の内的世界を一句の裡に収斂させ得た作品もある。

引潮は月への恋慕足穂の忌
鬼房忌闇を照らしに日は没す
裕明に霧一句露二十余句

より広き水恋ふ水や流灯会

天体を、特に月を溺愛した稲垣足穂。海原が引かれてゆくのは月への恋心ゆえだとの措辞は、足穂の『少年愛の美学』に展開する瑞々しいエロティシズムに通底する。佐藤鬼房は、陸奥の精気に充ちた闇にこだわり続けた俳人だ。不可視の半球の闇を照らすために地平に消えてゆく太陽は、鬼房へのオマージュにふさわしい。田中裕明の全作品を一句の霧と二十余句の露に象徴させることで、一期一会を現代的な幽玄の裡に体現している裕明の俳句宇宙を、読み手にしみじみと偲ばせてくれる。煌めく露の玉が、霧のとばりの中に次々と静かに消えてゆくようだ。

お盆には、あまたの死者の魂が現世に還ってくる。親しい人との対面を果たし、流灯に宿った魂は、死後の母郷である海原へと再び戻ってゆく。「より広き水恋ふ水」と詠って、古から綿々と伝わる、私たちの死者への思いが照射された。修二さんは、この句を初めとする作品群で、平成二十九年度の鷹新葉賞を選考委員全員一致で受賞した。

読まれざる詩歌はやがて囀に

昨年の令和三年、鷹七月号でこの作品と逢った時、涙が滲んできた。涙をもたらしたのは、ひとつには、あんなにも独創性を追い求めていた作者が、このような境地に達したことへの感動。もうひとつは、俳句という詩の根源を摑まえたことへの驚き。でも落ち着いて考えてみると、独創性を真摯に追求したからこそ、さらに作者の世界に対する優しい心根が季語にも向かったからこそ、両者の相互作用が、この句をもたらしたに違いない。

季語は、私たちみんなの共同の精神世界だ。例えば桜に対して相通じる思いを持っていなければ、桜という季語はなりたたない。多くの人が桜への思いを和歌にし、句にし、わずかの人に読まれたのみで忘れ去られた作品が積み重なったうえで、稀に残った作品があり、季語としての桜がある。その根幹のところを、こんなにも優しく詠みとってくれた修二さんに乾杯！

令和四年八月

奥坂まや

あとがき

鷹の年譜で振り返ると藤田湘子前主宰が体調を崩された平成十六年に鷹に入会している。翌年亡くなられるまでに、二回の合併号を含め十二回の選を受けている。その中に一度だけ巻頭の次席に入れていただいたことがあって、最晩年の前主宰が私の名を認識されていたかも知れないと思いたく、プロフィールに「藤田湘子に師事」と記した。僅か十二回の選で烏滸がましいのかも知れないが。

　句集の頭に置いた〈雨雲の中にゐるらし朴の花〉は吟行で初めて小川軽舟主宰とご一緒した時に主宰にとっていただいた句。箱根の霧の中の朴だった。朴の花は湘子前主宰の花だから、この句には二人の主宰が重なっている。一人は厳父、一人は怒ったところを見たことがないといわれる慈父。一回り近く若くとも、道を示す慈父の広さを感じる。

　厳父の役は、奥坂まやさんに継いでいただいた。まやさんの新宿の五人会に入れていただき、厳しくも楽しいご指導を毎月受けられたことは本当に幸運であった。多忙な予定を遣り繰りして、毎月欠かさず参加した。

そんな恵まれた環境にいながら、広告の一行に生きてきた私は頑迷だったのか、頗る成長が遅かった。鷹新葉賞をいただいた時の挨拶で、「私は一句欄が十七回あります。それでも受賞できたので、今月一句欄だった方はあと十六回だと思って頑張りましょう」と告白したら、大喝采を浴びた。ところが、句集を編むに当たって調べ直したら、何と十九回であることが分かった。スピーチはもう替えられないが、謹んでここに訂正させていただく。鷹の不滅の記録ではなかろうか。よくやめなかったと自分を褒めてやりたい。

句集を纏めてみて分かったのは、私の人生に寄り添ってきた物や生き物や人々が愛おしく、私の自分史に綴じこんでおこうとしていること。浅草で溺れた蠅を助けようとしたこと、ニューヨークで買った妻のセーター、釣り好きから読んだ小説家。言葉のリズムが身に沁み込んでいる夭折の詩人等々。私の生の成分となっているそれらが、蒐集され標本箱にピンで留められている。

高校の頃にボーヴォワールの「人はすべて死す」を読んで、人は生きていた証を残したくて壁に爪を立てるという考えに囚われ、モノを創る仕事を続けてきた。だが楽しい仕事で創りだしたそれらは、消えてゆく共同作品。自分の爪痕とは思えなかった。俳句に出会って、些細な個人の蒐集品にも自分らしさが滲んでいるように思えた。俳句に出会えて感謝している。

小川軽舟主宰には、お忙しい中句集の選をお願いし、併せて序文の筆を執っていただきました。奥坂まやさんには、跋文をお願いしました。これまでのご指導に加えての、温かいお言葉に深く感謝し厚く御礼申し上げます。

装幀をお願いした金田遼平さんは高校の友人のご子息。湘子前主宰と同じ小田原出身の新進のデザイナー。そんなご縁からの無理なお願いをお引き受けいただき感謝に堪えません。

最後に、多くの句会や吟行でご教示いただいた先輩や句友と、本句集出版にお力添えをいただいたふらんす堂の皆さまにも感謝申し上げます。

令和四年九月

栗原修二

著者略歴

栗原修二（くりはら・しゅうじ）

昭和27年　千葉県生まれ
平成16年「鷹」入会　藤田湘子に師事
平成17年　湘子死去により小川軽舟に師事
平成22年「鷹」同人
平成29年「鷹」新葉賞受賞

現　在「鷹」同人　俳人協会会員

現住所　〒114-0002
　　　　東京都北区王子1-17-1-1012

句集　囀に　さえずりに
二〇二二年一一月一八日　初版発行
著　者――栗原修二
発行人――山岡喜美子
発行所――ふらんす堂
〒182-0002 東京都調布市仙川町一―一五―三八―二F
電　話――〇三（三三二六）九〇六一　FAX〇三（三三二六）六九一九
ホームページ　http://furansudo.com/　E-mail info@furansudo.com
振　替――〇〇一七〇―一―一八四一七三
印刷所――日本ハイコム㈱
製本所――㈱松　岳　社
定　価――本体二八〇〇円＋税
ISBN978-4-7814-1514-7　C0092　¥2800E
乱丁・落丁本はお取替えいたします。